Du même auteur à *l'école des loisirs*

Collection Mouche

Rex, ma tortue
Roi comme papa
Les chaussettes de l'archiduchesse
Les aventures de Pinpin l'extraterrestre
Je ne sais pas dessiner
La vie avant moi
L'enfant
La princesse aux petits doigts
Histoire pour endormir ses parents

avec Marc Boutavant

Chien Pourri !
Joyeux Noël, Chien Pourri !
Chien Pourri à la plage
Chien Pourri à l'école
Chien Pourri à Paris
Chien Pourri est amoureux
Chien Pourri à la ferme
Joyeux anniversaire, Chien Pourri !
Chien Pourri fait du ski
Chien Pourri et sa bande
Chien Pourri millionnaire

© 2019, l'école des loisirs,
11, rue de Sèvres, Paris 6ᵉ
Loi n° 49.956 du 16 juillet 1949 sur les publications
destinées à la jeunesse : octobre 2019
Dépôt légal : octobre 2019
Imprimé en France par Estimprim à Autechaux
ISBN 978-2-211-30452-8

Colas Gutman

Chien Pourri
au cirque

Illustrations de Marc Boutavant

l'école des loisirs

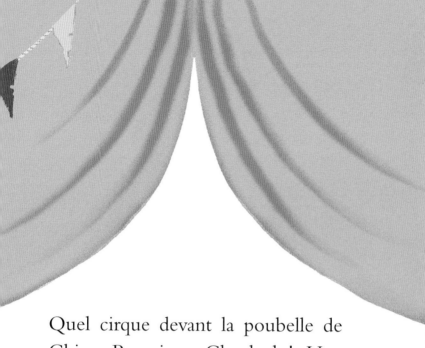

Quel cirque devant la poubelle de Chien Pourri et Chaplapla! Une caravane s'est arrêtée et une petite fille fouille dans la poubelle des deux compagnons.

– Non mais faut pas te gêner, fais comme chez toi! crie Chaplapla.

– Oh! pardon, je ne vous avais pas vus, dit la petite fille. Je m'appelle Ficelle, vous n'auriez pas une baguette pour me dépanner?

– C'est une poubelle, pas une boulangerie, râle Chaplapla.

« Pauvre petite Ficelle, pense Chien Pourri, elle a doit avoir très faim pour faire les poubelles. »

– Que t'arrive-t-il, Ficelle ? demande-t-il.

– C'est pour nourrir mon éléphant, répond-elle.

– Il doit être rose j'imagine, s'amuse Chaplapla.

– Mais oui ! Comment as-tu deviné ?

Un éléphant rose tout rapiécé sort de la caravane.

– C'est Dombi l'éléphant, dit la petite fille.

– Oh, il a de grandes oreilles ! remarque Chien Pourri.

— Mais il ne peut pas voler, ajoute la petite fille, en s'excusant. C'est mon papa, monsieur Patalo, le directeur du cirque qui l'a embauché pour faire venir du monde, mais ça ne marche pas trop.

Un petit monsieur avec un grand chapeau hurle dans un gros micro. C'est monsieur Patalo qui invite les passants à se rendre au spectacle.

—Venez admirer le cirque Patalo avec son éléphant sans défense, son trapéziste plâtré, son clown pas drôle et pour les amateurs, des pâtes froides vous seront servies à l'entracte, alors venez nous applaudir…

— Ça ne fait pas très envie, souffle Chaplapla.

— Moi, j'ai toujours rêvé d'aller au cirque, dit Chien Pourri.

— Et avec quel argent? demande Chaplapla.

— Ma maman m'a payé une loge au cirque Carbonara, dit le caniche à frange qui passe par là.

– C'est le cirque concurrent, souffle Ficelle. Ils distribuent des pâtes carbonara à l'entracte, on ne peut pas lutter, nous, les Patalo.

«Cette petite fille a besoin de nous», pense Chien Pourri.

– Moi, je veux voir ton cirque, lui dit-il.

– Notre spectacle n'est pas près d'être prêt, vous savez.

– Nous attendrons, dit Chien Pourri.

–Vous êtes chic! Pour patienter, je peux vous faire visiter les coulisses, propose Ficelle.

Le cirque d'hier

— Accrochez-vous au fil de mon pull, dit Ficelle.

De nombreux spectateurs se perdent en route et rebroussent chemin. Il faut dire que le chapiteau du cirque Patalo se dresse au milieu de pneus et de vieilles carcasses de voitures sur un terrain vague.

— Le cirque c'est une grande famille, je vais vous présenter, dit Ficelle.

« Une famille, mon rêve », pense
Chien Pourri, lui qui n'en a jamais
eu.

Chien Pourri et Chaplapla en-
trent dans une roulotte où monsieur
Patalo prépare à manger.

– Entrez, entrez, dit-il tristement. Le cirque Patalo n'est plus ce qu'il était. Terminé la viande, je n'ai même plus une boîte de sauce tomate, tout ça à cause de ce maudit Carbonara !

« Le cirque est une grande famille », se répète Chien Pourri.

– Papa ? demande-t-il.

– Qui m'as-tu ramené ? demande monsieur Patalo.

– De nouveaux amis, répond Ficelle.

– Bah, au point où nous en sommes, un pourri de plus ou de moins…

« Papa connaît mon prénom », se réjouit Chien Pourri.

– Il n'a pas l'air d'aller, ton père, dit Chaplapla à la petite Ficelle.

– Oui, papa ne va pas bien, dit Chien Pourri.

– Arrête ton cirque, fait Chapla-pla.

Ficelle alors raconte la longue dégringolade du cirque Patalo.

– Tout a commencé avec le trapéziste qui s'est cassé une jambe, explique-t-elle, et puis le jongleur s'est tordu un doigt en voulant lui mettre un plâtre et notre tigre s'est fait mordre par un lion et notre lion s'est étranglé avec un Mars. Ensuite, mon papa a décidé de faire des pâtes parce qu'on n'avait plus de pop-corn à proposer aux enfants, mais comme on n'avait plus de beurre non plus, une petite fille a failli s'étouffer parce qu'elles étaient trop sèches.

— Ben dis donc, dit Chaplapla.

— Mais ce n'est pas tout, depuis que monsieur Carbonara est en ville, les musiciens, les magiciens et les animaux l'ont suivi pour une bouchée de pain. Et je suis restée seule avec papa, Dombi l'éléphant, le trapéziste plâtré, le clown pas drôle et quelques canards boiteux.

— Et ta maman, où est-elle ? demande Chien Pourri.

. — Elle est partie travailler chez monsieur Carbonara pour deux-trois lardons.

— Ton histoire est très triste, petite fille, dit Chaplapla, peut-être pouvons-nous t'aider ?

— Malheureusement, le cirque c'est de l'histoire ancienne, les enfants préfèrent jouer avec leur console et il n'y a plus personne pour nous consoler.

« Non, le cirque est une grande famille, pense Chien Pourri. Je vais aider Ficelle à défaire ce vilain nœud qu'elle a dans la tête et dans les cheveux. »

Mais Ficelle n'a pas le temps de jouer au coiffeur avec Chien Pourri, elle part s'entraîner pour remplacer

le trapéziste plâtré. Ses jambes trem-
blent sur une vieille corde à linge.

« Si elle chute, elle tombe et si elle
tombe, elle va dans sa tombe ?! » se
demande Chien Pourri.

– Chien Pourri, allons au cirque
Carbonara ! propose Chaplapla.

– Tu as faim ?

– Non, je veux que Ficelle
retrouve le sourire sur sa bobine,
elle m'a transmis un message pour sa
maman.

Monsieur Déloyal

Au sortir de la ville, dans un joli champ de coquelicots, de pâquerettes et de trèfles à quatre feuilles, une foule des grands jours fait la queue pour admirer le nouveau spectacle de monsieur Carbonara.

«Approchez, mesdames, messieurs et les petits n'enfants, venez admirer les numéros de voltige, les tigres, les lions, les poneys et les caniches!»

— C'est ma cousine, Princesse, la star du spectacle, indique le caniche à frange. Il y a aussi des poneys à queue de cheval, des Indiens à tresses et des lions à couettes.

— Ça a l'air bien, dit Chien Pourri.

— Mais ce n'est pas pour les pauvres, explique le basset. Si tu veux rentrer, Chien Pourri, t'as qu'à vendre tes puces à des pouilleux de ton espèce !

— Viens, Chien Pourri, allons voir là-bas si j'y suis, indique Chaplapla.

— Ah bon ? C'est possible ça ?

Tandis que le basset et le caniche se font offrir une barbe à papa par leur maman, Chien Pourri et Chaplapla se déplacent à pas de loup dans la ménagerie attenante au chapiteau.

– Ne fais pas trop de bruit, dit Chaplapla, ce sont des animaux sauvages, il ne faut pas les effrayer.

– Oh regarde, un tigre ! dit Chien Pourri.

– Où ça ? demande le tigre.

– Ben, c'est toi, dit Chaplapla.

– Ah non, moi, je suis le numéro 2, je passe après le numéro 1 et avant le numéro 3.

– Moi, je suis le numéro 5, explique un poney.

– Mais vous n'êtes pas des numéros, vous êtes des animaux ! s'énerve Chaplapla.

« Moi aussi je suis un animaux ? » se demande Chien Pourri.

– Laisse-nous, si monsieur Carbonara nous entend te parler, il va nous transformer en petits lardons.

– Vous m'en laisserez ? demande Chien Pourri.

Soudain une voix, s'élève :

– Le numéro 1 est attendu sur la piste aux étoiles !

– C'est à moi, dit Princesse, la cousine du caniche.

« Elle doit y aller en fusée sur la piste aux étoiles, mais où est-elle ? », se demande Chien Pourri.

Chien Pourri et Chaplapla se

cachent discrètement derrière le rideau du chapiteau pour regarder le spectacle.

— Elle est belle avec toutes ses paillettes, constate Chien Pourri.

— Allez Princesse, viens ma Pépète, monte sur le tabouret, encourage un dresseur.

— C'est Pépète qui pète ! crie un enfant.

— C'est cruel le cirque, dit Chaplapla.

Les jeux du cirque !

Malheureusement pour Chien Pourri et Chaplapla, le spectacle ne dure pas. Et tandis que la star du spectacle repart vexée en coulisse, un videur, attiré par leur odeur de sardine, les trouve et les déloge.

— Vous savez ce qu'on fait aux resquilleurs ?

— Aux skieurs ? Bien sûr, on les met sur les pistes, répond Chien Pourri.

– Exactement, sur la piste aux étoiles !

Pauvre Chien Pourri et Chaplapla, les voilà poussés dans l'arène sous le regard des enfants et de leurs parents.

Et c'est Patrick le Clown qui les accueille.

« Patoche, t'es trop moche ! » crient les enfants. « Patoche, t'es une cloche ! » hurlent les parents.

– Regardez, les petits n'enfants, qui c'est qui s'est perdu ? C'est kiki qu'on a trouvé ? demande Patoche.

– La piste aux étoiles ressemble à une litière géante, constate Chaplapla.

– C'est vrai qu'il y a davantage de crottin de cheval que d'étoiles filantes, confirme Chien Pourri.

En grand professionnel, monsieur Carbonara vient saluer le public et présenter ses nouvelles recrues :

– Applaudissez-les bien fort, messieurs et mesdames, tout droit sortis du caniveau…

– Des poubelles, on préfère, dit Chien Pourri.

– Oui, voici donc « Le Monstre des poubelles » accompagné de son chat dégoûtant !

– C'était donc ça, cette odeur de fauve ? se demande une dame.

– Qu'est-ce qu'ils savent faire ? demande un monsieur.

– Les poubelles ! lance le basset.

– Ils pourraient sortir les miennes ? demande un monsieur.

– Maman, le monstre, il ressemble à ma sœur, dit un enfant.

– Ce petit a raison, c'est la grande famille du cirque, on les applaudit bien fort ! s'enthousiasme monsieur Carbonara. Et pour leur tenir compagnie, j'appelle le numéro 2.

– Oh ! font les enfants qui font même «Ah !» quand le tigre se retrouve nez à nez avec Chien Pourri.

– C'est kiki qui va manger la

titite serpillière et le titi n'œuf au plat,
les n'enfants? demande-t-il.

– C'est pas nous! disent les petits
n'enfants.

– Je n'imaginais pas une fin aussi
spectaculaire pour Chien Pourri,
commente le caniche à frange.

– Mangé par un tigre par amour
du spectacle, une leçon pour nous
tous, s'incline bassement le basset.

Mais le tigre ne semble pas si
pressé.

– Beurk, ce numéro sent le chien
et la sardine, renifle-t-il.

— Veux-tu que je te fouette pour retrouver l'appétit ? demande monsieur Carbonara.

« Hou ! » fait le public.

— Tu vois ce qui peut t'arriver à la cantine, si tu ne finis pas ton assiette, dit une maman à son petit.

— Mais ils ne nous servent jamais de chien, maman !

— Alors, de quoi te plains-tu ?

Maintenant, le public s'impatiente.

— Maman, tu me passes ton portable ? Je m'ennuie, fait un gamin.

— Remboursé ! crie un monsieur.

— Numéro 2, fais ce qu'ils te disent ou je te donne à manger à numéro 4 ! s'énerve monsieur Carbonara.

« C'est qui déjà numéro 4 ? Le lion

ou la chèvre?» se demande Chien Pourri.

Mais soudain, dans l'assistance un petit garçon crie :

— Maman ! A peur du monstre !

— Du tigre ?

— Non, a peur serpillière !

— Chien Pourri, je crois qu'il parle de toi, indique Chaplapla.

En grand professionnel, monsieur Carbonara improvise :

— Oui, plus féroce que le tigre, moins paresseux que le lion et plus amical que la poule, le Monstre des poubelles va maintenant vous interpréter son grand numéro de fauve.

— Moi, au cirque, ce que je préfère c'est les jongleurs et les toilettes, dit Chien Pourri.

— Quel drôle d'animal mi-chien mi-serpillière, mi-nable, s'amuse un spectateur.

— A monstre à moi, dit le petit.

— Je le connais depuis ma première frange, frime le caniche à frange.

— Un jour, je lui ai prêté mon manteau, se vante le basset.

– A veux le monstre ! dit l'enfant.

«Ça marche, savoure monsieur Carbonara, cet idiot va me rendre encore plus riche.»

– Et maintenant, très chers spectateurs et spectatrices, pendant que je prépare les contrats pour le Monstre des poubelles et son chat, je vous propose de déguster mes délicieuses pâtes au buffet.

«Au buffet ? Elles ne sont pas aux lardons ?» s'étonne Chien Pourri.

– Maman, veux glaces, pas pâtes ! s'énerve l'enfant.

– Tu auras ce qu'on te donne ou je te donne à manger aux lions ! fait la maman.

– A pas peur du lion, a peur du monstre poubelles !

Entracte

Pendant que monsieur Carbonara entraîne Chien Pourri et Chaplapla en coulisses, un curieux défilé d'animaux tourne sur la piste.

– C'est horrible, ce sont des animaux-sandwichs, commente Chaplapla.

– Il y en a à la dinde ? demande Chien Pourri.

– Mais non, c'est comme les

hommes-sandwichs, ce sont des panneaux publicitaires ambulants.

– Des hommes-sandwichs, ça existe?! Ah, non! je ne mangerai jamais d'êtres humains, dit Chien Pourri qui ne comprend rien.

– Ben quoi, faut bien payer le loyer, s'excuse monsieur Carbonara. Alors ces contrats, faut que je me les apporte moi-même?! hurle-t-il.

Une petite dame le dos courbé à force de nettoyer les cages lui tend les documents.

– C'est madame Patalo, quelle nouille celle-là! s'esclaffe-t-il. Les monstres, je vais faire de vous des stars: signez ce papier et vous aurez droit à un plat de pâtes par jour et à mon amitié pour toujours.

Mais Chaplapla ne tombe pas dans le piège et Chien Pourri ne veut pas abandonner Ficelle. Alors, malgré la bonne odeur de lardon du cirque Carbonara, Chien Pourri et Chaplapla déclinent l'offre.

– Un jour, je vous donnerai à bouffer à mon numéro 4! rugit monsieur Carbonara.

« Ça doit être la chèvre », pense Chien Pourri.

Et tandis que monsieur Carbonara menace Chien Pourri de terribles représailles, Chaplapla souffle à l'oreille de madame Patalo le message de sa petite Ficelle.

Arrête ton cirque !

Loin des projecteurs, Chien Pourri et Chaplapla s'éloignent sous l'éclairage blafard des réverbères, mais derrière eux, une silhouette leur court après.

«Sûrement le caniche qui veut un autographe du Monstre des poubelles», pense Chien Pourri.

Mais celle qui est à leurs trousses n'a rien d'un caniche ou d'une brebis égarée, c'est la maman de Ficelle qui leur apporte une gamelle.

– Oh merci, madame ! Le cirque
c'est comme la piscine, ça donne
faim, dit Chien Pourri.

– C'est pour ma fille, Ficelle,
dites-lui que je l'aime.

– Avant ou après manger ?

Au cirque Patalo, devant les pâtes
de sa maman, la petite Ficelle a les
larmes aux yeux. « Il n'y a qu'elle pour
les ranger si bien, en bâton comme
des crayons ». Madame Patalo, lui a
même glissé un mot.

*Tant que je travaillerai pour les
Carbonara, tu mangeras à ta faim,
petite Ficelle*

– Des pâtes au beurre, tes pré-
férées, dit monsieur Patalo. Et tu as

vu, elle a bien eu ton message, elle
n'a pas oublié le sel !

– Tu crois que maman reviendra
bientôt, papa ?

– Dès que j'aurai retrouvé des
spectateurs, soupire monsieur Patalo.
Si seulement, je savais ce qui fait le
succès de mon rival.

Mais ce n'est pas en mâchouillant quelques pâtes froides qu'il aura le secret de la réussite.

– Nous, on sait, dit Chien Pourri, c'est grâce au Monstre des poubelles…

– Mais qui est ce monstre ? Il me le faut ! dit monsieur Patalo.

– C'est moi, dit Chien Pourri.

– Oh, mes amis je suis sauvé, grâce à vous, je vais récupérer les animaux que j'aime et ma femme que j'adore !

— Pauvre monsieur Patalo, tu as vu, Chaplapla ? Son pantalon est décousu, dit Chien Pourri.

— Si ça continue on verra le trou de son... Patalo, dit le clown pas drôle.

La nuit va être courte car Chien Pourri et Chaplapla ont très peu de temps pour mettre au point un numéro.

— J'ai peur Chaplapla.

— De quoi Chien Pourri ?

— Du Monstre des poubelles.

— Mais, c'est toi nigaud !

Chien Pourri le sait bien mais pour la première fois de sa vie, il a peur de son ombre.

Un drôle de numéro

Dès le matin, les Patalo sillonnent les rues de la ville et lancent un appel à la population :

« Cirque Patalo, sans sel, sans beurre, c'est encore meilleur ! Venez applaudir notre nouveau numéro : le Monstre des poubelles et son chat dégoûtant ! »

Monsieur Carbonara, toujours à l'affût de la concurrence, entend l'annonce.

– Ton cirque va prendre l'eau Patalo! ricane-t-il derrière un poteau.

Chien Pourri, les pattes dans le caniveau, lui, a le moral à zéro.

– J'ai peur Chaplapla.

– De quoi encore Chien Pourri?

– De ne pas me rappeler mon numéro.

– C'est le 06 27…

– Tais-toi, le clown pas drôle! Chien Pourri doit se concentrer, c'est le clou du spectacle! s'énerve monsieur Patalo.

«Ah bon, je suis un clou maintenant? Je croyais que j'étais un monstre, je vais devenir marteau, s'ils me changent tout le temps.»

Quelques heures avant la représentation, Chaplapla et le Monstre des poubelles répètent encore leur numéro.

– Quand tu entends claquer le fouet, tu grimpes sur le petit tabouret, et tu fais le beau, compris ?

– Mais je ne sais faire que le moche. Et puis, j'ai le tract, avoue Chien Pourri.

– Le trac, corrige Chaplapla.

– Non, regarde.

— Je me sens faible, dit Chien Pourri.

— Ne t'inquiète pas mon toutou, le rassure Ficelle. Moi, avant d'aller sur scène, j'ai les nerfs en pelote, je vomis trois fois et puis après ça va.

Mais cela ne le rassure pas du tout. Chien Pourri frissonne.

« Je ne suis pas un numéro, je ne suis pas un animaux, je suis le Monstre des poubelles », dit-il en se grattant les puces.

— Je crains que le Monstre des poubelles ne fasse pas peur à une mouche, soupire monsieur Patalo.

Gros Bidon

C'est le grand soir pour monsieur Patalo qui a enfilé son plus beau pantalon pour accueillir les spectateurs. La maman du caniche à frange est venue avec son coussin péteur pour se le faire dédicacer.

– J'ai toujours adoré les clowns, avoue-t-elle.

– A veux voir le monstre ! dit l'enfant.

– On ne dit pas « a veux », corrige la maman.

— A veux quand même ! dit le petit.

Quelques curieux se dirigent en direction du cirque Patalo, dont un mille-pattes à trois yeux.

— Il paraît qu'ils aiment bien les monstres là-bas !

Chien Pourri répète devant une glace son numéro : « Je suis le Monstre des poubelles hou, hou ! »

— Il faut que ça marche ! espère monsieur Patalo.

— Je n'en mettrais pas mon pain à couper, dit la petite Ficelle.

— Pour les Patalo, ça va être la fin des haricots ! savoure monsieur Carbonara dans les tribunes.

Monsieur Patalo entre sur la piste aux étoiles et s'adresse aux deux pelés

et trois tondus qui composent le
public.

— Mince, il y a pas un chat, note
Chaplapla.

— Cher tous, merci de réserver
un tonnerre d'applaudissements au
Monstre des poubelles accompagné
de son Chat dégoûtant, dit monsieur
Patalo.

– Je préfère d'égout, dit Chaplapla, qui n'a pas trouvé mieux qu'un
fouet à pâtisserie pour dompter le
Monstre des poubelles.

– Houhou! fait Chien Pourri.

– Houhou, c'est nul! fait le public.

«Si seulement, je savais voler avec
mes grandes oreilles, pense Dombi

l'éléphant en coulisse, je sauverais le spectacle.»

— J'en ai assez vu, j'ai un manteau à repasser, dit le basset.

— Moi, une frange à brosser, dit le caniche.

— Je le voyais plus monstrueux le Monstre des poubelles, se désole le mille-pattes, je retourne me terrer dans mon trou.

— A peur du trou, dit l'enfant.

— Au moins, je n'aurai pas à monter sur le fil, j'étais tendue comme un élastique, se détend Ficelle.

Quand les lumières de la piste s'éteignent, Chien Pourri, Chaplapla, monsieur Patalo et la petite Ficelle s'attablent et comptent la maigre recette du soir.

— Le cirque va couler, se lamente monsieur Patalo.

— On n'a qu'à aller au cirque Carbonara, propose Chien Pourri.

— Tu es bête ou quoi ? demande Chaplapla.

— Bah oui.

— Non, il a raison, de toute manière, je ne peux pas laisser madame Patalo dans les pattes de ce Carbonara.

— Bien parlé, papa ! dit Ficelle.

Sur la corde

C'est le dernier soir en ville pour le cirque Carbonara, ensuite, il repartira sur les routes distraire d'autres petits lardons.

Devant le cirque, monsieur Carbonara triomphe lorsqu'il aperçoit monsieur Patalo et sa troupe.

– Alors les nuls, on vient rendre une petite visite aux rois de la piste ? Eh, la nouille, tu peux prendre les manteaux de ces pouilleux et leur distribuer un numéro pour le numéro de tout à l'heure…. avec un peu de chance, ils seront tirés au sort.

Madame Patalo, le regard baissé, cherche à s'excuser :

— Monsieur Carbonara est aux petits oignons avec moi, et même si parfois il est gratiné et qu'il n'y va pas avec le dos de la cuillère, il nous sort de la misère, tu comprends.

— Je sais ma chérie, je ne t'en veux pas, dit monsieur Patalo.

« Quelle tristesse, pense Chien Pourri, ils sont d'un bout à l'autre d'une même ficelle ».

— Je ne voudrais pas gâcher vos petites retrouvailles, dit monsieur Carbonara, mais nous sommes complets ce soir. Allez, comme vous êtes un peu de la famille, je vais vous placer tout en haut, là où on ne voit rien du tout. Bon spectacle !

Pendant que Chien Pourri réclame une étoile lumineuse à une ouvreuse et que Chaplapla demande un réhausseur, Ficelle, elle, décide de se rapprocher de la piste.

Monsieur Carbonara appelle le numéro 2 à le rejoindre.

«J'ai le numéro 527, lit Chien Pourri sur son ticket de vestiaire, le numéro 4 ça doit être la poule, je ne vois rien d'ici.»

– Oh zut, c'est encore le tigre! râle le caniche à frange

– Si au moins, il avait un manteau en léopard, grogne le basset.

Et pourtant, de la foule des spectateurs, un terrible «Hiiii!» et un horrible «Haaa!» retentissent, suivis d'un : «Là-haut, regardez!»

Car sous la lumière des projecteurs, la petite Ficelle est montée sur un fil et tremble de tout son justaucorps.

«Si j'arrive à traverser, ma maman

se remettra avec mon papa», pense-t-elle.

Pauvre petite Ficelle, elle n'a même pas une baguette pour s'équilibrer et il n'y pas de filet de protection.

Monsieur Carbonara qui a toujours le sens du spectacle, motive son tigre.

– Si elle tombe, tu la croques !
Compris, numéro 2 ?

« Si je ne le fais pas, je risque
d'être rétrogradé numéro 3 voire
numéro 4 », pense le tigre.

– Enfin un peu d'action, se réjouit
le caniche à frange.

– Mouais, je suis sûr que c'est fait
exprès, c'est pour de faux, dit le basset.

– La ficelle est un peu grosse, confirme la maman du caniche.

Pourtant, la filiforme Ficelle semble bien fine sur sa corde.

– Chien Pourri, il faut faire quelque chose ! dit Chaplapla.

– À manger ? demande Chien Pourri.

Ficelle tangue, elle est à un doigt de pied de se casser la jambe, les côtes et pire de se retrouver à côté du tigre.

– Garde-moi moi l'étoile lumineuse Chaplapla, je reviens !

Tel un cygne au milieu d'un lac, une anguille au milieu d'une rivière et une scie au milieu d'un arbre, Chien Pourri fend la foule et fonce dans l'arène.

– Maman, le Monstre des pou-

belles a revient faire les poubelles ! fait l'enfant.

— N'aie pas peur, il ne va pas te manger, fait la maman.

— A pas peur, a content.

— Qu'est-ce que c'est que ces guignols ! se fâche monsieur Carbonara. Vous n'avez pas le droit d'être sur ma piste, elle est à moi ! Numéro 2, mange ce chien !

«Impossible, il sent trop la sardine», pense le tigre.

– Dans ces conditions, j'exige de passer numéro 1 ! réclame-t-il.

– Ce n'est pas les fauves qui font la loi, peste Carbonara. Le lion va prendre ta place, lui au moins sait se comporter comme un homme ! Allez viens, numéro je-ne-sais-plus-combien !

Mais le lion n'est pas d'accord et devant le public stupéfait, il défend la cause animale.

– Nous ne sommes pas des nu-méros, nous sommes des animals !

– Heureusement qu'ils ne reven-diquent pas souvent, parce qu'au niveau des accords, ça laisse à désirer, souffle Chaplapla.

Mais ce que le public n'apprécie
pas, c'est la maltraitance et il se
met à siffler monsieur Carbonara.
Seulement le bruit fait du son et le
son fait des vibrations, la corde de
Ficelle bouge et c'est le drame, Ficelle
tombe! Cette fois, c'est la chute!

«Oh!» font les enfants.

«Ah!» font les parents.

«Hou, où?» fait le Monstre des poubelles, aveuglé par les projecteurs et qui tend les pattes.

– La serpillière va amortir sa chute, dit une dame.

– Ce spectacle ne casse pas quatre pattes à un canard, disent trois canards mal lunés.

«Hourra!» fait le reste du public qui savoure en connaisseur et applaudit le sauvetage:

– Vive a serpillière a sauvé Ficelle! crie le petit.

– Vive Chien Pourri! crie un grand.

– Vive Chaplapla! dit une dame qui préfère les chats.

Seulement, Ficelle n'est pas au

bout de ses peines. «Je suis tombée, ça veut dire que papa et maman ne se remettront jamais ensemble», se désespère-t-elle.

C'est Gégène !

Heureusement dans la vie d'un cirque, il y a parfois des numéros qui ressemblent à des miracles.

– Et maintenant, j'appelle Gégène le génie à venir nous rejoindre ! dit monsieur Carbonara.

– C'est vrai, je suis génial, dit Gégène.

« Ils ont un génie, c'est donc pour ça qu'il a tant de succès, ce cirque », comprend monsieur Patalo.

– Mesdames et messieurs et les petits n'enfants, si vous voulez bien éteindre vos portables pour éviter les interférences avec les bonnes ondes de Gégène qui réalisera l'un de vos vœux.

«Une nouvelle frange», trépigne le caniche.

«Un manteau à frange», espère le basset.

– Mais pour cela, il faut avoir la chance de tomber sur le bon numéro. J'invite une main innocente à fouiller dans cette grande casserole et rendre heureux un malheureux. Madame Patalo, si vous voulez bien procéder au tirage au sort.

– J'appelle le numéro 527! lance madame Patalo.

– Ça doit être le cochon d'Inde, dit Chien Pourri.

– Mais non, c'est toi! dit Cha-plapla.

– A monstre a gagné tombola, fait le petit.

Monsieur Carbonara est bien embarrassé, mais le règlement est formel et le vœu de Chien Pourri doit être exaucé.

«Je vais demander trois kilos de saucisses… Non, quatre c'est encore mieux», pense Chien Pourri.

– Le Monstre des poubelles a-t-il fait son choix ?

– Je voudrais des sau-sau… bafouille-t-il.

– A monstre veut « des saucettes », traduit l'enfant.

Mais soudain Chien Pourri regarde en direction de monsieur Patalo et madame Patalo et il lui vient une idée aussi lumineuse que son étoile, un éclair de génie.

— Je voudrais que l'on donne une dernière chance au cirque Patalo, déclare Chien Pourri, ému.

— A monstre a débile ! dit l'enfant, a pas saucisse là-bas !

Mais Chien Pourri a fait son choix et le génial Gégène s'exécute et offre une place à tous les spectateurs pour une ultime représentation.

Un dernier tour de piste

Ce n'est pas le tout de ramener du monde, monsieur Patalo, n'a pas de nouveaux numéros à présenter. «Il faudrait un miracle pour que ça marche», soupire-t-il. Le Monstre des poubelles va finir à la poubelle et moi avec.»

— On pourra faire un chamboule-toutou ? propose Chien Pourri.

— Ou un chat-volant, propose Chaplapla.

– Non, il faut quelque chose de plus spectaculaire, dit Ficelle.

Pendant que la grande famille du cirque s'agite en coulisse, les spectateurs mi-figue, mi-raisin, mi-secs, mi-trempés par la pluie, râlent les pieds dans la gadoue.

– Ce n'est pas un génie celui qui nous a demandé de venir ici, soupire un monsieur.

– C'est un monstre de nous faire ça ! ajoute la dame du petit.

– A veux voir le Monstre des poubelles ! dit son petit.

Devant un millier de spectateurs, moins la moitié, moins un quart, moins un tiers, plus deux-trois spectateurs, monsieur Patalo improvise un spectacle en exclusivité mondiale : «Le Monstre des poubelles et son titi éléphant.»

– Il ne s'est pas foulé pour le titre, remarque le basset.

– Oui, il aurait pu dire «Le titi éléphant à frange», ajoute le caniche.

– C'est mal parti, dit Chaplapla.

Mais monsieur Patalo appelle Dombi l'éléphant à le rejoindre sur la piste.

– Dombi, l'éléphant, est-ce que tu peux voler ?

– Non.

— Tu es sûr ? Rappelle-toi, un éléphant, ça trompe énormément, lui souffle monsieur Patalo dans ses grandes oreilles.

— Alors oui, dit timidement, Dombi.

— Il peut voler ! On l'applaudit bien fort, fait le clown pas drôle.

— Mais c'est vrai, je peux voler, dit Dombi, je ne suis pas si bidon, vous allez voir.

— A veux voir le monstre, pas l'éléphant ! dit le petit.

C'est pourtant à Dombi l'éléphant de prouver sa bravoure. Il monte sur l'échelle vers la corde à linge et met sa grosse patte sur le fil.

« Oh ! » font les enfants.

« Ah ! » font les parents.

– Non, Dombi, arrête, dit monsieur Patalo, tu vas te tuer !

– Je peux voler, monsieur Patalo.

– Quel suspens, commente Chaplapla.

– D'ailleurs, j'ai déjà volé : hier, pendant que tout le monde dormait, je suis allé chez monsieur Carbonara et j'ai pris sa recette des carbonara, avoue Dombi.

– Oh, c'est vilain! Le Monstre des poubelles va monter te punir, dit Chien Pourri.

« Caramba, je vais être démasqué », dit monsieur Carbonara, dans les gradins.

Le public applaudit en amateur.

– C'est très bien mis en scène, dit la maman du caniche.

– Il faudrait que le Monstre des poubelles fasse tomber l'éléphant pour que ce soit encore plus monstrueux, propose bassement le basset.

Mais soudain, Dombi l'éléphant barrit et c'est le drame :

— Mince, j'ai perdu le papier de la recette ! dit-il.

— C'est des nuls ! Je le savais ! hurle Carbonara. Ils ne peuvent rien contre moi !

« Oh ! » fait le public, courroucé.

— Mais j'ai une mémoire d'éléphant, fait Dombi.

« Ah ! » fait le public, soulagé.

Sous la lumière des projecteurs, Dombi l'éléphant récite par cœur :

— Recette des carbonara par monsieur Carbonara : *du gras, du gras, du gras, pour tous ces gros lards !*

« Hou ! » fait le public, révolté. « C'est lui le voleur ! Il n'a pas l'esprit du cirque ! »

Monsieur Patalo demande alors l'avis de la foule en colère et la sanction est sans appel.

— Le *ca-ca*, crie le petit.

— Le *non-non*, crie le public.

— Le *Canon à propulsion*! disent–ils en chœur.

Carbonara tente de filer en coulisse, mais Dombi prend son envol et l'écrase comme un lardon, puis l'introduit dans le canon et le propulse en haut du chapiteau… En route vers les étoiles!

«Je savais bien qu'il fallait une fusée pour aller vers les étoiles», pense Chien Pourri.

— Et maintenant, pour la première et peut-être la dernière fois sur scène et en exclusivité mondiale, voici le Monstre des poubelles dresseur de puces ! annonce, monsieur Patalo.

— C'est quel numéro ? Je ne le lis pas dans le programme ? demande le tigre en spectateur.

— Ce n'est pas un spectacle pour les myopes, rigole le basset.

— Quelqu'un aurait-il des jumelles ? Je ne vois rien, s'agace le caniche.

— Il n'y a même pas de juments dans ce cirque, il n'y a que des ânes ! rigole un gamin.

— Eh, le Monstre des poubelles!
Ton spectacle est incroyablement
nul! s'esclaffe un autre.

« Ils ont raison, le clou du spectacle ne vaut pas un clou », pense
monsieur Patalo.

— A vois rien, dit l'enfant.

Un monsieur, rouge de colère,
lance des tomates sur Chien Pourri.

— Merci, merci, s'incline monsieur Patalo, elles serviront plus tard
pour une délicieuse sauce bolognaise.

Mais soudain, dans l'assistance,
on n'entend plus une mouche voler
ou plutôt si, un bourdonnement.
Un véritable escadron de mouches
tourne autour de Chien Pourri et
forme un immense cœur avec deux
initiales: P + P.

— A veut dire « PéPé » mamie ? demande le petit.

— Non, ça ne veut pas dire pépé et je suis ta maman, pas ta mamie ! Je crois qu'il signifie *monsieur Patalo + madame Patalo, unis pour la vie,* dit sa maman émue.

Devant une telle déclaration d'amour, madame Patalo se jette dans les bras de monsieur Patalo et dans la précipitation, elle fait tomber le trapéziste plâtré qui se casse une nouvelle jambe.

– Papa et maman vont réussir à joindre les deux bouts, dit Ficelle en se serrant contre eux.

– Je vais mettre de l'eau à bouillir, dit madame Patalo, tant pis, on continuera à manger des pâtes sans beurre et sans sel, mais on sera heureux.

Et c'est sous les applaudissements de la foule en délire que les rois du cirque organisent un grand buffet sur la piste aux étoiles avec monsieur Carbonara, ce petit cochon pendu au plafond.

– Merci, les Monstres des poubelles, grâce à vous, je me sens moins bidon, dit Dombi l'éléphant.

– Et moi plus tigre, dit le numéro 2.

– Moi j'ai changé de numéro, fait le clown, maintenant c'est le 07 62…

– C'était un spectacle bien ficelé, dit Ficelle.

– A avalé une mouche, dit le petit.

– Oui, merci les amis ! Nous allons pouvoir reprendre la route du succès, dit monsieur Patalo.

– Celle qui mène aux étoiles, dit Chaplapla.

– Et aux poubelles, dit Chien Pourri !